Bruno Ferrero

Comme des Ronds dans l'Eau

Adaptation de Jean Hubler et Dominique Riebel

Comme un Rond dans l'Eau

Le petit étang sommeillait, dans une parfaite immobilité, sous la chaleur estivale.

Paresseusement assise sur une feuille de nénuphar, une grenouille surveillait de près un insecte aux longues pattes qui patinait sur l'eau avec une imprudente insouciance. Au moindre mouvement la grenouille, sans même quitter sa place, n'en aurait fait qu'une bouchée.

Un peu plus loin, Monsieur dytique, un autre petit insecte aquatique, regardait tout ému Mademoiselle dytique, gracieuse et enjouée. Il n'avait pas le courage de lui déclarer son amour et se contentait de la contempler de loin.

Sur la rive, tout près de l'étang, une fleur à peine visible se mourait de soif. Ses fines radicelles s'étaient étiolées à force de se tendre vers l'eau si proche et pourtant inaccessible !

Tout près de là, un pauvre moucheron était en train de se noyer. Il était tombé dans l'eau par inadvertance. Ses petites ailes mouillées et alourdies n'arrivaient plus à se déployer et à le soulever. L'eau était sur le point de l'engloutir.

Une ronce sauvage allongeait ses ramifications loin au-dessus de l'étang. Le rameau le plus long arrivait presque au milieu de l'étendue d'eau. A son extrémité, une baie noire et ridée, arrivée à maturité, se détacha et tomba. On entendit un faible "plouf !" vite étouffé par le bourdonnement assourdissant des insectes. Et voilà qu'au point de chute un premier rond s'élargit à la surface de l'eau, majestueux et solennel, comme une fleur qui éclôt. Un deuxième rond le suivit, puis un troisième, un quatrième...

L'insecte aux longues pattes fut alors déplacé par l'onde et mis hors de portée de la langue vorace de la grenouille.

Monsieur dytique fut projeté dans les bras de Mademoiselle dytique. Il bredouilla une excuse et ils s'aimèrent.

Le premier rond vint mourir sur la rive et son clapotis atteignit la petite fleur qui se redressa et reprit vie.

Le deuxième rond souleva l'infortuné moucheron hors de l'eau et le déposa sur un brin d'herbe où il put sécher ses ailes fragiles et reprendre son vol.

Que de vies changées par quelques banals ronds dans l'eau !

Les histoires de ce livre sont comme des ronds dans l'eau, insignifiants peut-être, mais qui sait ?...

La Main

Un petit enfant faisait les commissions pour sa maman. Il s'y appliquait de tout son cœur. Pour le récompenser, le droguiste descendit d'une étagère une grosse boîte de caramels, l'ouvrit et la présenta à l'enfant.

"Sers-toi, petit !"

L'enfant prit un caramel, mais le droguiste l'encouragea : "Prends tout ce que ta main peut contenir."

Le gamin le regarda de ses grands yeux et dit :

"Dans ce cas, prends-les toi-même pour moi !

- Et pourquoi ?

- Parce que tu as la main plus grande !"

Quand nous prions, ne mesurons pas nos demandes à l'aune de notre petite foi. La main de Dieu est infiniment plus grande.

Le Progrès

Un explorateur parcourait les immenses forêts de l'Amazonie à la recherche d'éventuels gisements de pétrole.

Il engagea des indigènes comme porteurs. Toujours pressé, il leur imposait une cadence effrénée. Les deux premiers jours les porteurs réussirent à s'adapter, mais, le matin du troisième jour, ils s'arrêtèrent. Silencieux, le regard vide, ils demeuraient immobiles. De toute évidence, ils n'avaient aucune intention de se remettre en marche.

Impatient, l'explorateur leur désigna sa montre. Tout en gesticulant, il cherchait à faire comprendre au chef des porteurs qu'il était temps de repartir.

"Impossible, répondit calmement celui-ci. Ces hommes ont marché beaucoup trop vite. Ils attendent maintenant que leur âme vienne les rejoindre."

Nos contemporains sont de plus en plus pressés. Ils sont inquiets, déconcentrés et malheureux. Leur âme est restée loin derrière eux et n'arrive plus à les rejoindre.

L'ŒIL DU MENUISIER

Il était une fois, dans un petit village, un atelier de menuiserie. Un jour que le patron était absent, tous les outils se réunirent en grand conseil. La séance fut longue et animée, parfois même houleuse. Il s'agissait d'exclure certains membres de l'honorable assemblée.

L'un des outils prit la parole : "Nous devons expulser notre sœur la Scie, parce qu'elle déchiquette tout sur son passage et fait grincer les dents. Elle a le caractère le plus mordant de toute la terre !"

Un autre intervint :
"Nous ne pouvons pas garder parmi nous notre frère le Rabot. Il est coupant et tatillon au point d'éplucher tout ce qu'il touche."

- Frère Marteau, protesta un troisième, a un sale caractère. C'est un vrai cogneur, lourdaud et violent. Son battement incessant finit par agacer tout le monde et par choquer. Chassons-le !

- Et les Clous ? Comment vivre avec des gens qui piquent ? Qu'ils s'en aillent tous, ainsi que la Lime et la Râpe ! Leur compagnie est source de frictions continuelles. Chassons aussi le Papier de verre : il ne semble exister que pour écorcher son prochain !"

Et les débats allaient bon train, de plus en plus chargés d'animosité. Les outils parlaient tous en même temps. Le Marteau voulait expulser la Lime et le Rabot qui, à leur tour voulaient se débarrasser des Clous et du Marteau. A la fin de la séance tout le monde avait exclu tout le monde.

La réunion fut brusquement interrompue par l'arrivée du menuisier. Tous les outils se turent quand ils le virent s'approcher de son établi. L'homme prit une

planche et la scia avec la Scie mordante. Il la rabota avec le Rabot qui pèle tout ce qu'il touche. Sœur la Hache, qui blesse cruellement, sœur la Râpe à la langue rugueuse, frère Papier de verre qui gratte et abrase : tous entrèrent en action, l'un après l'autre.

Le menuisier prit ensuite les Clous qui piquent ainsi que le Marteau qui frappe et percute. Il se servit de tous ses outils avec leurs défauts et leur caractère insupportable. Avec leur aide, il fabriqua un berceau pour accueillir un bébé qui allait naître. Un magnifique berceau pour accueillir la Vie.

Dieu nous regarde avec l'œil du menuisier.

Le Clou

Un marchand venait de conclure d'excellentes affaires à la foire. Désirant rentrer chez lui avant la tombée de la nuit, il attacha solidement sa bourse gonflée de pièces d'or à la selle de son cheval, l'éperonna et partit au galop.

Vers midi il fit une première étape dans une ville. Il allait repartir quand un palefrenier attira son attention sur un petit détail :

"Monsieur, il manque un clou au fer arrière gauche de votre cheval !"

"Laisse tomber, s'écria le marchand, cela tiendra encore les six lieues qui me restent à parcourir. Je suis pressé !"

Au milieu de l'après-midi le marchand s'arrêta dans une auberge et fit donner une ration d'avoine à sa monture. Le valet qui s'occupait de l'écurie vint lui dire :

"Monsieur, il manque un fer à la patte arrière gauche de votre cheval. Si vous le souhaitez, je vais tout de suite lui en remettre un."

"Mais non, dit le marchand, je suis très pressé. La bête supportera bien les deux lieues qui restent à faire."

Il remonta en selle et poursuivit son chemin. Mais peu après le cheval se mit à boiter... puis à vaciller... et il tomba à terre. Sa patte était cassée. Contraint d'abandonner sa monture, le marchand chargea la bourse sur ses épaules et partit à pied. La nuit le surprit alors qu'il

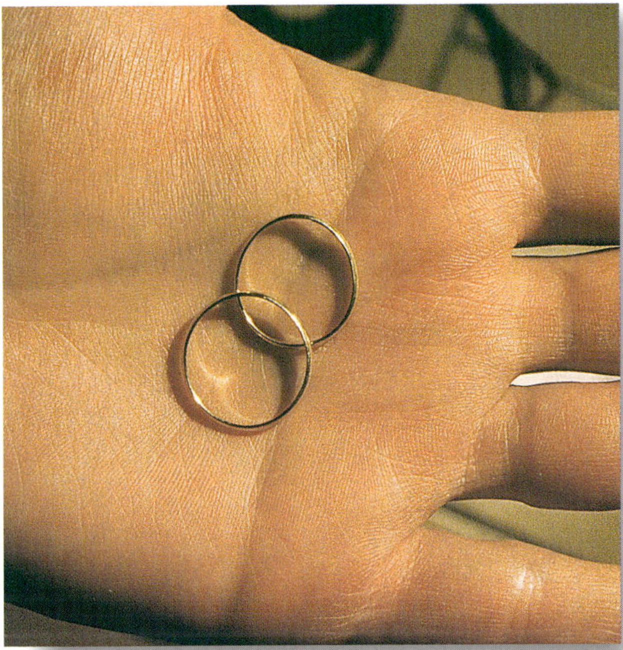

traversait une forêt lugubre et dangereuse. Deux malandrins le dépouillèrent de ses biens. Finalement, il arriva chez lui, courbatu et furieux.

“ Tout cela à cause d’un malheureux clou !”, conclut-il dépité !

Ce ne sont pas des chaînes qui maintiennent les liens entre époux, mais ces centaines de petits fils tissés jour après jour au fil des ans. Des filaments qu’un rien peut rompre ! Dans la précipitation, il nous arrive de casser l’un ou l’autre... jusqu’à ce que survienne la rupture.

LA DETTE

Un homme très riche avait de nombreux débiteurs. Conscient de son grand âge, il décida un jour d'en faire venir quelques-uns et leur dit : "Si vous ne pouvez vraiment pas me rendre mon argent et si vous me jurez solennellement de me payer vos dettes dans l'au-delà, je brûlerai les lettres de change que vous m'avez signées."

Le premier débiteur lui devait la somme la moins élevée. Il promit de devenir le cheval de son créancier et de le porter sur sa croupe partout où il irait. Cette proposition plut au vieillard qui déchira toutes les attestations de sa dette.

Le deuxième débiteur qui devait une somme plus importante s'engagea en ces termes : "Dans l'autre vie, je serai ton bœuf. Je paierai ma dette en tirant tes charrettes de foin et ta charrue pour labourer tes champs." Satisfait, le vieillard brûla les lettres de change de ce débiteur.

Vint enfin le dernier qui devait une somme énorme. "Pour rembourser ma dette, dit-il, je serai ton père dans l'autre vie." Le vieillard entra dans une violente colère. Il saisit un bâton et allait se jeter sur ce débiteur impertinent, quand ce dernier l'arrêta d'un geste : "Attends, demanda-t-il, laisse-moi m'expliquer ! Ma dette est énorme. Jamais je ne pourrai m'en acquitter en devenant ton bœuf ou ton cheval. Je suis prêt à devenir ton père. Ainsi je travaillerai pour toi jour et nuit. Je te protégerai quand tu seras petit. Je veillerai sur toi quand tu auras grandi. Je supporterai pour toi

tous les sacrifices possibles. Je risquerai même ma vie pour que tu ne manques de rien. Et, à ma mort, je te laisserai toutes mes richesses. N'est-ce point là une offre infiniment plus généreuse que d'être ton bœuf ou ton cheval ?"

Choisir d'être parent, c'est contracter la dette la plus grande qu'on puisse imaginer.
Y a-t-il engagement plus sublime que de donner la vie ?

À L'ÉCHAFAUD

" Et Dieu dit : Je me cacherai dans le cœur de l'homme ; c'est le seul endroit où il oubliera de me chercher. " Proverbe indien

Le jour de ses noces, un prince fit son entrée dans la capitale de son royaume au bras de sa jeune épouse. Ils avançaient tous les deux dans un magnifique carrosse, tandis que de chaque côté de la rue la foule applaudissait. Mais sur la place du château ce fut soudain un grand silence.

Sur un échafaud élevé, un malfaiteur était sur le point d'être pendu. Le condamné avait déjà la corde au cou.

La princesse fondit en larmes.

Le prince demanda au juge s'il était possible d'annuler l'exécution et d'offrir cette amnistie comme cadeau de noces à son épouse.

La réponse fut un "non" sec.

"Il y a donc des crimes qui ne peuvent pas être pardonnés ?", demanda la princesse d'une voix fluette. L'un des conseillers du prince fit alors remarquer que, selon une antique coutume de la ville, n'importe quel condamné pouvait se racheter en payant la somme de mille ducats.

Une somme énorme ! Où pouvait-on trouver tant d'argent ?

Le prince ouvrit sa bourse et la vida. Il en sortit 800 ducats. La princesse, fouillant dans son élégante aumônière, en trouva 50 autres.

"Est-ce que 850 ducats ne pourraient pas suffire ?, demanda-t-elle.

- La loi en exige 1000 !" fut la réponse.

La princesse alors descendit du carrosse et fit la quête auprès des pages, des chevaliers et des passants.

L'addition finale donna 999 ducats. Et plus personne n'avait le moindre ducat.

"Cet homme sera donc pendu pour ce seul ducat manquant ?, s'exclama la princesse.

- C'est la loi !" répliqua le juge impassible, tout en faisant signe au bourreau de commencer l'exécution.

A ce moment précis la princesse cria : "Fouille les poches du condamné. Il a peut-être aussi quelque argent sur lui !"

Le bourreau obéit et de l'une des poches du condamné tomba un ducat en or. Celui qui manquait pour lui sauver la vie.

Dans le cœur de chacun sommeillent des ressources infinies qui ne demandent qu'à être utilisées. Bien souvent, la bonté, l'amour, le bonheur attendent, comme des mèches éteintes, une petite allumette pour les rallumer.

Pourquoi ?

"Même Dieu n'est pas juste ! Pourquoi fait-il mourir les Arméniens sous les décombres d'un tremblement de terre ? Pourquoi laisse-t-il mourir de faim les enfants du Soudan ? Pourquoi reste-t-il à regarder passivement pendant qu'on déboise les forêts tropicales ? Pourquoi ?... Pourquoi ?"

(Laurent, 15 ans)

Pourquoi le mal et la souffrance dans un monde créé par un Dieu juste et tout puissant ? Pourquoi la souffrance des innocents ? Pourquoi ces sentiments d'abandon et d'impuissance ? Pourquoi ces déserts intérieurs ? Pourquoi ces nuits mornes où se meurt l'espérance ?

Et puis j'ai fait un songe. Je me promenais sur une plage en compagnie du Seigneur.

Derrière nous il y avait deux paires d'empreintes sur le sable, celles du Seigneur et les miennes.

Alors me vint l'idée - ce n'était qu'un songe - que chacun de ces pas représentait un jour de ma vie. Je m'arrêtai donc et me retournai pour regarder toutes les traces qui se perdaient au loin. Et je notai que, par moments, il n'y avait plus qu'une paire de traces au lieu de deux.

Je revis ainsi tout le déroulement de ma vie passée. Mais, ô surprise ! Les passages où il n'y avait plus qu'une paire de traces correspondaient aux jours les plus difficiles de mon existence : jours d'angoisse et d'impatience, jours d'égoïsme et de méchante humeur, jours d'épreuves, de doutes et de souffrances.

Très peiné je me tournai donc vers le Seigneur pour lui reprocher : “Tu m’avais promis de rester avec moi tous les jours. Pourquoi n’as-tu pas tenu ta promesse ? Pourquoi m’as tu laissé seul dans les moments les plus difficiles de ma vie, lorsque j’avais le plus besoin de ta présence ?”

Le Seigneur me sourit et dit : “Je n’ai jamais cessé de t’aimer un seul instant. Et quand tu ne vois plus qu’une paire de traces, ce sont mes pas que tu vois, car dans les moments les plus difficiles de ta vie, je te portais dans mes bras.”

Si tu traverses les eaux, je serai avec toi, si tu passes par le feu, tu ne souffriras pas. Tu comptes beaucoup à mes yeux, tu as du prix et je t’aime. Is 43,2-4

La Différence

Un jour un prince fit venir à sa cour un marchand de chevaux. Celui-ci lui présenta deux magnifiques coursiers pour les vendre. Les deux animaux se ressemblaient beaucoup. Ils étaient jeunes, robustes et bien faits.

Et pourtant le marchand demandait le double du prix pour l'un d'eux. Le prince réunit ses courtisans et dit : "Je ferai cadeau de ces deux magnifiques poulains à celui qui pourra m'expliquer pourquoi l'un vaut deux fois plus que l'autre."

Excités, les courtisans entourèrent les deux chevaux. Ils les examinèrent de la tête aux pieds, sans découvrir une seule différence pouvant justifier un tel écart de prix.

" Comme vous ne percevez pas la différence entre les deux chevaux, il vaudrait peut-être mieux les essayer ; cela vous permettrait de comprendre pourquoi l'un coûte beaucoup plus cher que l'autre", suggéra le prince.

Il les fit donc monter par deux cavaliers et leur fit exécuter plusieurs rondes dans la cour du château. Malgré cet essai, les courtisans ne comprenaient toujours pas pourquoi il y avait un tel écart de prix entre les deux chevaux.

Alors, le prince leur expliqua :

“Vous avez certainement noté que, pendant la course, l’un des animaux ne laissait derrière lui aucune trace de poussière, alors que l’autre soulevait un vrai nuage. Voilà pourquoi le premier vaut deux fois plus que le deuxième. Le premier sait faire son devoir sans soulever de poussière.”

Dans notre société, hélas, ne fait carrière que celui qui soulève beaucoup de poussière !

Nous Surnageons

Le puissant roi Milinda dit au vieux prêtre : “Tu prétends que l'homme qui a commis tout le mal possible pendant cent ans et qui, avant de mourir, demande pardon à Dieu obtiendra de renaître et d'entrer dans la joie du ciel. Mais que celui qui ne commet qu'un seul crime finira en enfer s'il ne se repent pas. Trouves-tu que c'est juste ?

Cent crimes seraient moins lourds qu'un seul ?”

Le vieux prêtre répondit au roi :
“Si je prends un caillou gros comme ça et que je le pose à la surface du lac, va-t-il couler au fond ou surnager ?”

- Il coulera, répondit le roi.

- Et si je prends cent grosses pierres, que je les place dans une barque et que je pousse la barque au milieu du lac, ces pierres vont-elles couler ou vont-elles surnager ?

- Elles surnageront, bien sûr !

- Alors cent pierres et une barque sont plus légers qu'un caillou ?

Le roi ne savait plus que répondre. Le vieillard lui expliqua : “Il en va de même pour nous les humains. Un homme, même s'il a beaucoup péché, s'il sait se tourner vers Dieu, ne tombera pas en enfer. Par contre l'homme qui fait le mal ne fusse qu'une seule fois et qui refuse la miséricorde de Dieu, se perdra.”

Ah ! mon fils que la tendresse d'un père est aisément rappelée, et que les offenses d'un fils s'évanouissent vite au moindre mot de repentir. (Molière)

L'ARC

Un jour, le saint abbé Antoine conversait avec quelques jeunes qui avaient choisi de vivre comme lui dans le désert.

Un nomade qui chassait quelque gibier s'approcha d'eux avec déférence. Mais voyant que le saint abbé et les jeunes qui l'entouraient étaient d'humeur joyeuse et riaient à gorge déployée, le chasseur leur fit de vifs reproches.

Le saint abbé lui dit alors calmement :

"Pose une flèche à ton arc et décoche-la".

Le chasseur s'exécuta.

"Et maintenant tires-en une autre, et puis une autre, et encore une autre...", poursuivit le saint homme.

Le chasseur protesta : "Si je continue ainsi à plier mon arc sans aucun répit, il va finir par se rompre !"

Saint Antoine le regarda avec un beau sourire : "Il en va de même dans la vie spirituelle. Suivre Dieu sur son chemin exige des efforts. Mais, si l'on dépasse la juste mesure, c'est bien vite l'épuisement."

Il est donc judicieux de se rappeler de temps en temps que Dieu lui-même s'est reposé le septième jour.

"Le repos, le repos, trésor si précieux
Qu'on en faisait jadis le partage des dieux !"
Jean de la Fontaine

"J'ai découvert que tout le malheur des hommes vient d'une seule chose, qui est de ne savoir pas demeurer en repos, dans une chambre."
Blaise Pascal

Les Deux Hommes qui ont vu Dieu

Dans un village polynésien vivaient deux hommes. Ils se livraient une guerre perpétuelle. Au moindre prétexte éclatait une querelle. Et pour l'un comme pour l'autre, la vie était devenue insupportable. Mais également pour tout le village.

Un jour, quelques anciens dirent à l'un des deux : "Après avoir tout essayé, il ne reste plus qu'une seule solution : c'est que tu ailles voir Dieu.

- D'accord ! Mais où cela ?

- Rien de plus facile. Il suffit de grimper sur la montagne que voilà, et tu verras Dieu."

Sans hésiter, l'homme partit à la rencontre de Dieu. Après plusieurs journées de marche pénible, il atteignit le sommet de la montagne. Dieu était là qui l'attendait. Quelle ne fut pas sa surprise ! L'homme avait beau se frotter les yeux, Dieu avait le visage de son voisin belliqueux et antipathique. Ce que Dieu lui dit alors, nul ne l'a jamais su. En tout cas, à son retour au village il n'était plus le même homme.

Cependant, malgré sa gentillesse et son désir de se réconcilier avec son voisin, rien n'avait changé, car ce dernier ne cessait d'inventer de nouveaux prétextes à litiges.

Les anciens se dirent : "Il serait bon que lui aussi aille voir Dieu." Malgré son manque d'enthousiasme, il finit

par se laisser convaincre. Il partit donc à son tour et gravit la haute montagne. Et, là-haut, il découvrit que Dieu avait le visage de son voisin...

Depuis ce jour tout a changé et le village vit dans une ambiance de paix.

Selon la Bible, l'homme a été créé à l'image de Dieu. Si donc tu veux voir Dieu, regarde ton frère.

LE HOBBY DE DIEU

Une princesse romaine demanda un jour au rabbin Jossi ben Chalafta : “ Mais que fait Dieu tout au long d’une journée ?”

Le bon rabbin répondit :
“Il met ensemble les couples. Il décide qui doit épouser qui. Tel homme pour cette femme et telle femme pour cet homme... et ainsi de suite.

- Ce n’est pas bien compliqué, répliqua la princesse. Moi aussi je peux faire cela. Je peux mettre ensemble des milliers de couples en une journée.”

Rabbi Jossi ne dit mot.

Et la princesse de rentrer dans ses palais, de choisir mille esclaves hommes et mille esclaves femmes. Elle les unit deux par deux, décidant elle-même qui devait épouser qui.

Dans la nuit qui suivit, presque tous les couples en vinrent à se disputer et même à se battre jusqu’au sang. Dès le lever du jour ils se rendirent auprès de la princesse en piteux état. L’un avait la tête meurtrie, l’autre un œil au beurre noir, un troisième le nez tuméfié...

La princesse fit venir le rabbin Jossi, lui raconta l’histoire et conclut : “Tu avais raison. Je dois reconnaître que Dieu seul peut rapprocher hommes et femmes.”

Sur ces mots, une voix venant du ciel se fit entendre : “Pour moi non plus ce n’est pas facile !”

D’ailleurs personne n’en doute.

Le Serment

Un empereur chinois fit un jour un serment solennel : “Je vais faire la guerre à mes ennemis et tous les éradiquer de mon royaume.”

Peu de temps après, les sujets de l’empereur ne furent pas peu surpris de le voir se promener dans les jardins impériaux bras dessus, bras dessous en compagnie de ses pires ennemis, riant et plaisantant avec eux.

“Comment ? lui dit un courtisan étonné, n’avais-tu pas juré d’éradiquer de ton royaume tous tes ennemis ?

- Je les ai bel et bien supprimés, répondit l’empereur. De chacun d’eux j’ai fait un ami !”

Il y a des personnes qui t’irritent ? Pourquoi n’essaies-tu pas de les aimer ?

Le Problème

Un brave Hébreu accourut tout essoufflé auprès de son rabbin et s'écria :

"Maître, maître, il m'arrive un grand malheur, mon fils veut épouser une chrétienne !

- Ton fils ? répondit le rabbin. Si tu savais ce qui arrive au mien ! Je suis le responsable de la communauté. Tout le monde me regarde et observe ma famille. Tous veulent voir en moi un exemple. Eh bien, figure-toi que mon fils, lui, veut se faire baptiser et épouser une chrétienne."

Le brave Hébreu en fut sidéré. Après un moment de silence il demanda, confus :

"Tous viennent te voir avec leurs difficultés. Mais toi, quand tu as un problème aussi grand, que fais-tu ? A qui t'adresses-tu ?

- Que veux-tu que je fasse ? Je me tourne vers Dieu !

- Et pour ton fils, qu'est-ce qu'il t'a dit ?

- Dieu m'a dit : ton fils ? ... Si tu voyais le mien !"

Tout le mystère de l'Incarnation est là !
Dieu dit : "Moi aussi !"

La Ville sans Mémoire

C'était une petite ville, semblable à tant d'autres. Mais un jour, une succession de faits étranges fit son apparition.

Les enfants oubliaient de faire leurs devoirs. Les adultes ne se rappelaient plus que l'on enlève ses chaussures avant d'aller au lit. Plus personne ne se saluait dans la rue. Les portes de l'église restaient closes. Les cloches ne sonnaient plus. Personne ne savait plus ses prières.

Un lundi matin, un instituteur demanda à ses élèves : "Pourquoi n'êtes-vous pas venus en classe, hier ?

- Mais hier c'était dimanche, répondirent les écoliers, il n'y a pas d'école le dimanche !

-Pourquoi ?" demanda le maître, les élèves ne surent que répondre.

Noël approchait.

Pourquoi cette musique si attendrissante ?

Pourquoi avait-on dressé en ville des sapins aux ampoules multicolores ?

Personne ne le savait plus.

Deux hommes s'étaient disputés et insultés jusqu'à en perdre la voix. "Voilà que je n'ai plus aucun ami !", pensa l'un d'eux avec tristesse, complètement désemparé.

Peu à peu, la petite ville tomba dans la grisaille et la morosité. Les gens devenaient de plus en plus égoïstes et querelleurs.

Et chacun de se dire : “J’ai comme l’impression d’avoir oublié quelque chose !”

Et voilà qu’un jour un vent violent se leva par-dessus les toits. Il souffla si fort que les cloches de l’église se mirent en mouvement et que même la plus lourde commença à tinter.

Tout le monde s’arrêta soudain et leva son regard vers le ciel. Et au nom de tous, un homme s’écria : “Ah ! voilà ce que nous avons oublié : DIEU !”

Dieu : des millions et des millions de personnes rapportent et lient à ce nom les joies et les peurs de leur existence personnelle. C’est l’unique nom qui porte sur lui le poids de l’humanité et qui donne sens à toute chose.
Voilà pourquoi nous ne pouvons renoncer à prononcer ce nom avec respect et confiance.

La Prière

"Cher Père Noël, je te remercie pour le petit frère. Je t'avais pourtant prié pour avoir un chien. Ton Fabrice."

André n'avait qu'un seul et grand désir : une bicyclette... la bicyclette jaune, équipée d'accessoires, qu'il avait remarquée dans une devanture en ville. L'image de cette bicyclette jaune ne sortait plus de son esprit. Une véritable obsession ! Il la voyait dans ses rêves, le matin dans les reflets dorés de son café au lait.

Il la revoyait dans ses livres de classe et jusque sur la figure de Charlemagne. Mais sa maman était très endettée et les prix augmentaient sans cesse. Elle n'avait pas les moyens d'acheter une bicyclette aussi chère.

André connaissait les difficultés financières de sa maman. Il décida donc de demander sa bicyclette directement à Dieu pour le Noël suivant. Tous les soirs André ajoutait une phrase à ses prières habituelles : "N'oublie pas de m'obtenir pour Noël la belle bicyclette jaune. Amen !"

Tous les soirs sa maman l'entendait qui priait pour obtenir la bicyclette de ses rêves et chaque soir elle hochait la tête triste et désemparée. Elle savait que la fête de Noël serait douloureuse pour André. Il n'y aurait pas de bicyclette et l'enfant serait profondément déçu.

Noël arriva enfin et André ne reçut aucune bicyclette. Ce soir-là, comme tous les soirs, l'enfant se mit à

genoux au pied de son lit pour faire sa prière.

“André, lui dit doucement sa maman, je m’imagine que tu es malheureux, parce que tu n’as pas reçu pour Noël la bicyclette tant désirée. J’espère que tu n’es pas fâché contre Dieu, parce qu’il n’a pas répondu à tes prières !”

André regarda sa maman et répondit : “Oh ! non, maman. Je ne suis pas fâché contre Dieu. Il a répondu à mes prières.

Dieu a dit : Non !”

“Nul n’a prié avec ferveur sans apprendre quelque chose.”
R.W. Emerson

Légende

Avant de prendre de l'âge, Aki Gahuk avait été un chef puissant. Mais au moment où débute cette histoire il était ridé, chenu, tremblant et maladroit.

Devenus adultes, ses enfants s'étaient mariés et l'avaient quitté. Comme il avait des difficultés à se déplacer, ses fils venaient le nourrir. Mais ils le faisaient à contre cœur. Chaque jour, ils lui apportaient les restes de leur table, agacés de le voir toujours vivant.

Aki Gahuk s'accrochait obstinément à la vie. Il passait ses journées au bord du fleuve, assis sur une large pierre. Il méditait sous les chauds rayons du soleil, dodelinant de sa vénérable tête. La fraîcheur de l'eau atténuait ses douleurs et lui faisait oublier sa lassitude.

Le temps passait. Le vieillard désormais ne quittait plus les bords du fleuve. Ses fils ne venaient plus le chercher et quand ses petits-enfants venaient s'amuser dans l'eau, à l'ombre des grands arbres, ils lui lançaient des pierres.

Aki Gahuk les regardait sans se lamenter. Son corps s'endurcit. Lentement, insensiblement, il se transforma. Ses rides devinrent écailles. Sa peau s'épaissit et devint luisante. Ses bras et ses jambes se rétrécirent au point de n'être plus que des moignons, retrouvant ainsi muscles et force. Sa tête, à force de demeurer étendue sur la pierre s'aplatit et s'allongea. Ses yeux, à force d'attendre la venue des enfants, sortaient presque de leur orbite. Ses mâchoires s'élargirent. Ses dents devinrent de plus en plus pointues.

A la vue de cette métamorphose, ses enfants furent très inquiets et invitèrent leur père à revenir chez eux.

“Trop tard, répondit le vieillard. Vous n’avez pas eu pitié de moi quand j’étais un pauvre vieillard tout tremblant. Alors je suis devenu une nouvelle créature. Je ne suis plus de votre famille. Désormais j’habiterai dans le fleuve. Mes descendants seront voraces. Leurs mâchoires pourront broyer les êtres humains. Je leur permettrai de vous dévorer, vous, vos enfants et les enfants de vos enfants.”

Ainsi parla Aki Gahuk sur les bords ensoleillés du fleuve... Aki Gahuk, le vieillard mal aimé, qui se fit une carapace pour ne plus souffrir du cœur endurci et insensible de ses enfants. Il devint cruel et féroce, parce que les siens ne le considéraient plus comme un être humain. Ainsi naquit le crocodile.

“La dureté des vieillards aiguise les dents des jeunes ; la dureté des jeunes transforme les vieillards en crocodiles.” (Proverbe de Bornéo)

Mains Propres

Après sa mort un homme se présenta devant le Seigneur. Avec beaucoup de fierté il lui montra ses mains : "Seigneur, regarde comme elles sont propres, mes mains !"

Le Seigneur lui sourit puis, avec un brin de tristesse, il lui dit : "C'est vrai, mais elles sont vides aussi !"

L'écrivain russe Dostoïevsky raconte l'histoire d'une femme aussi riche qu'avare. A sa mort elle fut saisie par un démon qui la jeta dans le feu de l'enfer. Son ange gardien chercha désespérément dans ses souvenirs un éventuel motif qui pourrait la sauver. Finalement il se rappela un événement lointain et dit à Dieu : "Un jour cette dame offrit à un pauvre un oignon de son jardin."

Dieu sourit à l'ange et répondit : "D'accord ! Grâce à cet oignon elle pourra être sauvée. Prends l'oignon et tends-le-lui au-dessus de la mer de feu de telle sorte qu'elle puisse le saisir et remonte-la. Si elle reste solidement ancrée à son unique bonne action elle pourra être hissée jusqu'au paradis."

L'ange se pencha donc le plus possible sur la mer de feu et cria à la femme : "Vite, accroche-toi à l'oignon !"

Ainsi fit la femme et aussitôt elle commença à monter vers le ciel. Mais l'un des condamnés s'agrippa à l'ourlet de son vêtement et fut emporté avec elle. Un autre pécheur s'accrocha aux pieds du premier et monta lui aussi. Rapidement se forma ainsi une longue file de personnes qui montaient vers le paradis, tous accrochés à la femme, elle-même agrippée à l'oignon tiré par l'ange.

Les démons étaient fort inquiets de voir l'enfer se vider à cause d'un malheureux oignon !

La file immense arriva enfin aux grilles du paradis. La femme cependant était et restait une horrible et incorrigible avare. Apercevant la longue queue de pécheurs qui la suivaient agrippés à son vêtement, elle poussa un cri de colère : "L'oignon est à moi et à moi seule ! Lâchez-moi !..." A cet instant précis l'oignon se décomposa en mille morceaux et la femme fut précipitée dans la mer de feu avec toute sa suite.

Devant les grilles du paradis, il ne resta plus que l'ange gardien, inconsolable.

" Nous devons apprendre à vivre ensemble comme des frères, sinon nous mourrons ensemble comme des idiots." Martin Luther King

La Raison d'État

Comme cela arrive dans les contes, le fils d'un roi tomba amoureux de la fille d'un boulanger. Elle était pauvre, mais belle. Il l'épousa.

Pendant quelques années les deux époux vécurent dans une harmonie et un bonheur parfaits. Et, à la mort de son père, le prince monta sur le trône.

Les ministres et les conseillers s'empressèrent alors de lui faire comprendre que, pour le salut du royaume, il devait répudier cette femme issue du peuple. Il épouserait la fille du puissant roi voisin, afin de s'assurer, par ce nouveau mariage une période de paix et de prospérité.

"Répudiez-la, sire, après tout elle n'est que fille de boulanger.

- La sécurité du trône et de vos sujets passe avant tout le reste."

L'insistance des ministres se fit de plus en plus pressante. Le jeune roi finit par céder.

"Je dois te répudier, dit-il à sa femme, demain tu retourneras auprès de ton père. Pour te dédommager tu pourras emporter ce qui t'est le plus cher."

Ce soir-là, ils dînèrent ensemble pour la dernière fois. En silence. La femme, apparemment sereine, ne cessait de verser du vin dans le verre du roi.

A la fin du repas le roi tomba dans un profond sommeil. La femme l'enroula dans une couverture et le chargea sur ses épaules.

Le lendemain matin, le roi se réveilla dans la maison du boulanger.

"Mais, comment ?", s'étonna-t-il.

La femme lui sourit :

"Tu avais bien dit que je pouvais emporter ce qui m'était le plus cher ! Eh bien, ce que j'ai de plus cher au monde, c'est toi !"

Et toi, qu' emporterais-tu ?

Le champ de Blé

Un père donna en héritage un champ de blé à ses deux fils. L'un était riche et célibataire, l'autre avait une famille nombreuse, mais était pauvre. Pourtant ils partagèrent le champ en deux parts égales.

Une nuit, à la période des moissons, le frère qui était riche ne cessait de se retourner dans son lit et se disait : "Je suis riche, à quoi vont me servir toutes ces gerbes de blé ? Mon frère, lui, est pauvre. Il a besoin de beaucoup de farine pour nourrir sa nombreuse famille."

Il se leva, se rendit à son champ, prit de nombreuses brassées de céréales et les posa dans le champ de son frère.

La même nuit, l'autre frère pensa : "Mon frère n'a ni femme, ni enfants. L'unique moyen de lui donner un peu de joie, est de lui permettre d'accroître sa richesse." Il quitta son grabat, se rendit dans son champ et porta une grande quantité de gerbes dans le champ de son frère.

Le matin, de retour dans son champ, chacun des frères fut étonné de constater que sa moisson n'avait pas diminué.

Ils firent de même les nuits suivantes, chacun apportant du blé dans le champ de l'autre. Et chaque matin ils découvraient que leur blé ne diminuait pas.

Mais une nuit les deux frères, chargé chacun d'une énorme brassée de blé, se rencontrèrent à la limite commune de leur champ. Ils comprirent soudain ce qui était arrivé, éclatèrent de rire et s'embrassèrent.

Puis, ils entendirent une voix venant du ciel : "En ce lieu où s'est manifesté tant d'amour fraternel sera édifié mon temple : le temple de l'amour fraternel."

C'est cet endroit que le roi Salomon choisit pour la construction du Temple.

Et aujourd'hui, le roi Salomon trouverait-il encore un endroit pour bâtir le Temple ?

COMMENÇONS PAR LA FIN

Apprenant la mort d'un ami commun plutôt aisé, un homme demanda à un autre : "Qu'a-t-il laissé derrière lui ?"

L'autre répondit : "Tout !"

Sur une terre lointaine régnait un prince qui aimait exhiber ses fabuleuses richesses. Tous les jours il mettait des vêtements brodés d'or et incrustés de pierres précieuses.

Tous les matins, à l'heure où le soleil resplendissait, faisant briller ses vêtements aux mille nuances de l'arc-en-ciel, le prince sortait seul du palais royal pour recevoir l'hommage de ses sujets. Ce rituel l'emplissait d'une immense joie.

Mais un jour le prince fit sa parade à cheval en plein milieu de la journée. Le soleil inondait ses épaules et pour la première fois, le jeune souverain vit son ombre. C'était comme un nuage noir qui ne le lâchait plus, pas même une seconde.

Dans un cri de rage, le prince éperonna son cheval. Il ne pouvait régner là où demeurait son ombre. Et s'il allait chercher un pays où n'existerait plus aucune ombre ?

Poursuivant ce rêve, il partit en une folle chevauchée et galope toujours !

L'ombre de la mort ne nous quitte jamais.
Apprenons à vivre en sa compagnie.

" Celui qui craint la mort perd la vie. " Proverbe roumain

Ressemblance

Une religieuse missionnaire était en train de soigner, avec beaucoup de sollicitude, les plaies répugnantes d'un lépreux. Elle accomplissait ce travail tout naturellement, souriante et bavardant gaiement avec le malade.

À un moment, elle lui demanda : "Est-ce que tu crois en Dieu ?"

Le pauvre homme la fixa longuement avant de répondre :

"Oui, maintenant, je crois en Dieu !"

Un missionnaire voyageait dans un train japonais à grande vitesse. Un bréviaire grand ouvert devant lui, il passait son temps à prier. Soudain, une importante secousse fit glisser au sol une image de la Madone.
Un petit garçon, assis en face du missionnaire, se baissa et ramassa l'image. Curieux comme le sont tous les enfants, il la regarda attentivement avant de la rendre.
"Qui est cette belle dame ?", demanda-t-il au missionnaire.
"C'est... ma mère", répondit le prêtre, après un moment d'hésitation.
L'enfant le regarda, puis regarda l'image et dit :
"Tu ne lui ressembles pas tellement !"
Le missionnaire sourit : "Et pourtant, je t'assure que je passe ma vie à essayer de lui ressembler, au moins un peu !"

Et toi, à qui ressembles-tu ?

Le Navire de Guerre

Un navire de guerre patrouillait en Méditerranée et surveillait un secteur particulièrement dangereux. L'équipage était nerveux et tendu. Entre les nappes de brouillard de plus en plus nombreuses, la visibilité était médiocre. Par prudence, le capitaine était resté sur le pont et surveillait les différentes activités de l'équipage.

Peu après la tombée du jour, la vigie du pont annonça :

"Lumière à tribord !

- Est-elle stationnaire ou bien est-elle en train de s'éloigner ? questionna le capitaine.

- Elle est fixe, capitaine !" répondit la vigie.

Cela signifiait que le navire de guerre risquait d'entrer en collision avec cet autre vaisseau. Le capitaine ordonna à la vigie : "Signale-lui le danger de collision et conseille aux marins de changer de direction de 20 degrés !"

La réponse fut la suivante : "Il serait souhaitable que ce soit vous qui viriez de 20 degrés."

Le capitaine rétorqua :

"Voici mon message : je suis capitaine, veuillez changer de cap !

- Je suis un matelot de seconde classe, fut la réponse, - il vaudrait mieux que vous changiez de direction de 20 degrés".

Et le capitaine de hurler, fou de colère : "Transmets ceci : Je suis un navire de guerre, rectifiez votre trajectoire de 20 degrés."

La réponse fut d'une simplicité désarmante : “Et moi je suis un phare !”

Alors le navire de guerre se mit à virer.

" Plus on est grand et moins on doit avoir de volonté ; l'on dépend des événements et des circonstances."
Napoléon Bonaparte (3 décembre 1806)

" La force qui ne connaît que la révolte s'use."
Albert Schweitzer (1875-1965)

Le Grand Ravin

Un homme, toujours insatisfait de lui-même et mécontent des autres, ne cessait de grommeler contre Dieu en disant : “Mais qui a dit que chacun devait porter sa croix ? Vraiment n’y a-t-il aucun moyen de l’éviter ? J’en ai franchement assez de porter des fardeaux tous les jours !”

Le Bon Dieu lui répondit. Il guida l’homme dans un songe, et celui-ci vit l’existence des hommes sur terre comme une immense procession. Chacun allait d’un pas imperceptible et régulier, portant sa croix sur les épaules.

Lui-même faisait partie de l’interminable cortège. Il avançait péniblement, portant le poids de sa croix. Au bout d’un certain temps, il s’aperçut qu’elle était trop longue : voilà pourquoi la marche était si fatigante !

“Il suffirait, se dit-il, que je la rapetisse un peu et j’aurai beaucoup moins de peine.”

Il s’assit sur une borne et par quelques entailles vigoureuses, raccourcit sa croix d’une belle longueur.

Quand il repartit, il constata que sa marche était beaucoup plus rapide et plus légère. Et sans se fatiguer, il atteignit l’endroit qui semblait être la destination de cette longue procession : une bande de terre bordée par un ravin comme une blessure béante dans le sol. Au-delà, commençait la “terre du Bonheur éternel”. Depuis l’autre rive, le spectacle paraissait enchanteur. Mais, il n’y avait ni pont, ni passerelle pour traverser le ravin.

Et pourtant hommes et femmes passaient facilement. Chacun descendait sa croix des épaules, la posait sur les deux bords du ravin et franchissait ainsi le gouffre.

Les croix semblaient faites sur mesure : elles reliaient exactement les bords du précipice. Tous les gens passèrent, sauf lui. Il avait tronqué sa croix et à présent, elle était trop courte pour atteindre l'autre côté du gouffre.

Désespéré, il éclata en sanglots : "Ah ! si j'avais su !..."

Mais il était trop tard. Il était inutile de se lamenter !

" *Soyez béni, mon Dieu, qui donnez la souffrance*
Comme un divin remède à nos impuretés. "
Charles Baudelaire

Le Choix du Verre

Un jour, un ministre était assis sur le bord d'une fontaine de la ville. Un moment d'inattention, et le voilà qui tombe dans l'eau.

Quelques passants, témoins du drame, s'approchent et lui tendent la main en criant : "Donnez-nous la main !"

Mais l'homme politique ne tend la main à personne, avec l'air de ne rien entendre.

A ce moment survient un autre passant. Il se fraye un passage à travers la foule et explique :

"Mes amis, depuis sa plus tendre enfance, notre ministre n'a appris que le verbe prendre ; il ne connaît pas le verbe donner." Et tout en parlant, il lui tend la main : "Bonjour, votre Excellence, prenez donc ma main."

Immédiatement le ministre saisit la main de l'homme et sort du bassin.

Combien de gens confondent les verbes !
Dieu, lui, ne connaît que le verbe donner.

L'OMBRE

Le jour de la rentrée scolaire, dans un charmant village de campagne, un petit garçon accompagné de sa maman, marchait de bon matin vers son école. Dans leur dos le soleil venait de se lever.

L'enfant était profondément fasciné par la longueur de son ombre projetée par le soleil. Ainsi, il pouvait se prendre pour un géant d'au moins trente mètres de haut.

Tout à coup, sa maman s'arrêta et, regardant son fils droit dans les yeux, lui dit : "Mon enfant, ne regarde pas ton ombre le matin. Regarde-la à midi."

Un renard, qui contemplait son ombre au lever du soleil, se dit : "Pour mon repas d'aujourd'hui je mangerai un chameau !" Et toute la matinée il rôda à la recherche d'un chameau. A midi pourtant, en revoyant son ombre il dit : "Un rat fera l'affaire !" (K. Gibran).

Quand tu te juges toi-même, ne le fais que sous le soleil brûlant de midi.

VAS-Y POUR MOI

Chaque dimanche matin un homme avait l'habitude de dire à sa femme :

"Va à l'église et prie pour nous deux."

A ses amis, il disait :

"Je n'ai pas besoin d'aller à l'église, ma femme y va pour moi."

Une nuit, il fit un rêve. Il se trouvait avec sa femme à la porte du paradis et attendait d'y entrer. Lentement la porte s'ouvrit et il entendit une voix qui disait à sa femme :

"Tu peux entrer ... pour tous les deux !"

La femme entra et la porte se referma. Le choc fut tel que l'homme se réveilla.

La plus étonnée fut sa femme, quand le dimanche suivant, à l'heure d'aller à la messe, son mari lui dit : "Aujourd'hui je t'accompagne à l'église."

C'est moi, Seigneur, c'est moi qui ai besoin de prier.
C'est moi, Seigneur, c'est moi qui ai besoin de prier.

Non pas mon père, non pas ma mère, mais moi, Seigneur, j'ai besoin de prière.
Non pas mon père, non pas ma mère, mais moi Seigneur, j'ai besoin de prière.

Non pas le diacre, non pas mon chef, mais moi, Seigneur, j'ai besoin de prier.
Non pas le diacre, non pas mon chef, mais moi, Seigneur, j'ai besoin de prier.

C'est moi, Seigneur, c'est moi qui ai besoin de prier.
C'est moi, Seigneur, c'est moi qui ai besoin de prier.

(Negro Spiritual)

L'AUMÔNE

L'histoire eut lieu en Angleterre, dans un lointain passé. Un jour, un petit bout de femme, accoutrée d'une vieille robe déchirée, se mit à sillonner les ruelles d'un village, frappant aux portes des maisons et demandant l'aumône.

Mais sa quête n'eut guère de succès. Nombreux furent ceux qui lui adressèrent des paroles blessantes. Certains envoyèrent leurs chiens à ses trousses. D'autres encore versèrent des quignons de pain moisis et des pommes de terre pourries dans sa musette.

Seuls deux petits vieux, qui habitaient une humble maison à la périphérie du village, l'invitèrent à entrer chez eux.

"Assieds-toi un moment et réchauffe-toi", lui dit le vieillard. Sa femme lui prépara un bol de lait chaud et une grande tranche de pain. Pendant que la mendiante mangeait, ses hôtes la réconfortèrent.

Le lendemain, dans ce même village, un messager du roi déposa au seuil de chaque maison une carte conviant toutes les familles à se rendre au château royal. Cette invitation, aussi soudaine qu'imprévue, suscita une vive agitation au village. Au cours de l'après-midi, toutes les familles, parées de leurs plus beaux atours, arrivèrent au château. Elles furent conduites dans une imposante salle de banquets. Une place fut attribuée à chaque personne.

Quand tous furent assis, les domestiques en livrée commencèrent à servir les plats. Aussitôt s'élevèrent des murmures de désappointement et de colère mal dissimulée.

Les domestiques servaient des épluchures de pommes de terre, des cailloux, des quignons de pain moisis. Seules les assiettes des deux petits vieux, assis dans un coin, furent garnies, avec beaucoup de grâce, des mets les plus exquis.

Soudain, entra dans la salle le petit bout de femme aux vêtements déchirés.

Un silence pesant envahit la salle.

“Aujourd’hui, dit la femme, vous avez trouvé dans votre assiette ce que vous m’avez offert hier.”

Puis, elle enleva les guenilles qui la recouvraient. Sous ses haillons, elle portait une parure dorée, sertie de pierres scintillantes. C’était la reine !

Un homme fortuné arriva au Paradis. Sans plus attendre, il se rendit au marché et constata que les marchandises étaient vendues à prix très bas.
Aussitôt, il mit la main au portefeuille et entreprit d’acheter ce qu’il voyait de plus beau.
Au moment de payer il se tourna vers l’ange responsable de la vente et lui tendit une liasse de gros billets de banque.
L’ange sourit et dit : “Je suis désolé, mais cet argent n’a aucune valeur.”
“Comment ?”, s’étonna l’homme riche. “Ici n’a cours que l’argent qui, sur terre, a été donné”, répondit l’ange.

Les Mains de Dieu

Un maître voyageait en compagnie d'un disciple auquel il avait confié le soin du chameau. Un soir, alors qu'ils étaient arrivés à une auberge, le disciple était si fatigué qu'il négligea d'attacher l'animal.

En se couchant il fit cette prière : "Mon Dieu, prends soin du chameau : je le remets entre tes mains !" Le lendemain matin, le chameau avait disparu.

"Où est le chameau ?, demanda le maître.

- Je ne sais pas, répondit le disciple. Il faut le demander à Dieu. Hier soir j'étais si épuisé que je le lui ai confié. C'est Lui le responsable. Ce n'est pas ma faute, s'il s'est échappé ou s'il a été volé. J'ai demandé à Dieu de le surveiller. C'est Lui le responsable.

N'es-tu pas constamment en train de m'exhorter à la plus grande confiance en Dieu ?

- C'est vrai, répondit le maître, aie toujours la plus grande confiance en Dieu... mais auparavant attache ton chameau !

Parce que Dieu n'a pas d'autres mains que les tiennes !"

"Dieu seul peut donner la foi,
mais tu peux donner ton témoignage.
Dieu seul peut donner l'espérance,
mais tu peux rendre confiance à tes frères.
Dieu seul peut donner l'amour,
mais tu peux apprendre à l'autre à aimer.
Dieu seul peut donner la paix,
mais tu peux semer l'union.
Dieu seul peut donner la force,
mais tu peux soutenir le découragé.
Dieu seul est le chemin,
mais tu peux l'indiquer aux autres.
Dieu seul est la lumière,
mais tu peux la faire briller aux yeux de tous.
Dieu seul est la vie,
mais tu peux rendre aux autres le désir de vivre.
Dieu seul peut faire ce qui paraît impossible,
mais tu pourras faire le possible.
Dieu seul se suffit à lui-même,
mais il préfère compter sur toi..."

(Cantique brésilien)

Demain Je serai Triste

À partir de demain je serai triste,
à partir de demain seulement !
Mais aujourd'hui je serai gai :
À quoi bon être triste ? Ça ne sert à rien !

Pourquoi ce vent mauvais ?
Pourquoi me tourmenter aujourd'hui pour demain ?
Demain, peut-être il fera beau.
Demain peut-être sera bon.
Et le soleil brillera encore.
Et il n'y aura aucune raison de s'attrister.

À partir de demain je serai triste,
à partir de demain seulement.
Mais aujourd'hui ? Aujourd'hui je serai gai.
Et à chaque journée amère je dirai :
À partir de demain je serai triste.
Pas aujourd'hui !

*(Poésie d'un jeune garçon trouvée
dans un ghetto en 1941)*

« C'est la nuit qu'il est beau de croire à la lumière »
Édmond Rostand (Chantecler)

La Fable du Petit Poisson Rouge

Il était une fois un petit poisson rouge. Un jour, il prit ses sept pièces d'argent et s'en alla, tout frétillant, chercher fortune.

A peine avait-il fait quelques brasses qu'il rencontra une anguille, qui le héla :

"Psst, oh ! oh ! Où vas-tu de la sorte, cher collègue ?

- Je ne sais pas .... Mais je cherche fortune, répondit fièrement le petit poisson rouge.

- Ah ! Tu tombes bien, dit l'anguille, avec seulement quatre talents tu peux t'acheter cette rapide et magnifique nageoire. Grâce à elle tu voyageras deux fois plus vite !

- Oh, c'est une excellente affaire", dit le petit poisson rouge, ravi. Il paya, prit la nageoire et nagea deux fois plus vite qu'avant.

Bientôt il arriva dans les parages d'une grosse seiche. Elle l'appela :

"Hé là ! Où vas-tu comme ça, compagnon ?

- Je ne sais pas mais je suis parti chercher fortune, répondit le petit poisson rouge.

- Tu l'as trouvée, mon petit, dit la seiche. Pour un prix dérisoire je peux te vendre cette hélice, ainsi tu voyageras encore plus vite."

Le petit poisson rouge acheta l'hélice avec l'argent qui lui restait et repartit à vitesse redoublée.

Puis il rencontra un requin qui le salua :

“Eh ho ! Compagnon, où vas-tu comme ça ?”

- Je ne sais. Mais je cherche fortune, répondit le petit poisson rouge.

- Eh bien tu l’as trouvée ! Prends ce raccourci commode, dit le requin en montrant sa mâchoire grande ouverte, tu gagneras un temps fou.”

- Merci infiniment !” s’écria le petit poisson rouge qui se faufila dans la gueule du squale et fut avalé.

" La plus commune des inconséquences est de ne pas vouloir les moyens de ce que l’on veut. "
Duc de Lévis (1764-1830)

La Pomme

Le richissime et puissant roi de Bengodi recevait chaque matin, en hommage, un cadeau de ses sujets. Comme il possédait tous les biens qu'on puisse trouver, il ne désirait rien et s'ennuyait quelque peu.

Parmi les donateurs se trouvait un mendiant qui offrait chaque matin une pomme au roi. Toujours silencieux, il repartait comme il était venu.

Le roi, habitué à recevoir bien d'autres cadeaux, acceptait ce don avec une certaine condescendance. A peine le mendiant avait-il tourné le dos, qu'il se mettait à le ridiculiser, vite imité par l'ensemble de la cour.

Le mendiant ne se décourageait pas. Chaque matin il revenait déposer dans les mains du roi son petit présent. Le roi le prenait et le déposait machinalement dans une corbeille près du trône.

La corbeille contenait toutes les pommes que le mendiant avait apportées sans jamais se départir de sa gentillesse et de sa patience. Elle commençait à déborder lorsqu'un jour, le singe préféré du roi se saisit d'une de ces pommes, en croqua un morceau et le cracha aux pieds du roi. Tout surpris, le souverain vit apparaître au cœur du fruit une perle irisée.

Aussitôt il fit ouvrir les pommes de la corbeille et trouva dans chacune d'elles une perle précieuse. Émerveillé, il fit venir l'étrange mendiant et l'interrogea.

L'homme expliqua :

"Je t'ai apporté ces offrandes pour te faire comprendre que la vie t'offre chaque matin un cadeau merveilleux. Trop attaché aux richesses visibles, tu n'en as pas conscience et tu le gaspilles. Ton cadeau d'aujourd'hui, c'est la nouvelle journée qui commence."

"Regarde cette journée : c'est la vie. La vraie vie de la vie. Dans son bref déroulement il y a toute la vérité et la réalité de ton existence." *Prière sanscrite*

Table des matières

Dans la même collection :

COMME UN PARFUM DE ROSE
QUAND FLEURIT LE DESERT
TEXTES MYSTIQUES HINDOUX
QUELQUES CHEMINS DE VIES
SEUL LE VENT LE SAIT
N'AI PAS PEUR, JE SUIS LÀ

Éditions du Signe
B.P. 94 - 1, rue Alfred-Kastler
67038 STRASBOURG Cedex 2
Tél. (00-33) 03 88 78 91 91 - Fax : (00-33) 03 88 78 91 99

Adaptation : Jean Hubler et Dominique Riebel
Illustration de couverture : Danielle Siegelbaum
Iconographie : Véronique Herbreteau
© Crédits photographiques :
Alsace-Média pages : 7, 9, 31, 37, 41, 61.
Patrice Thébault page : 29.
Frantisek Zvardon pages : 3, 11, 13, 15, 17, 19, 21, 23, 25, 33, 35, 39, 43, 45, 47, 51, 53, 55, 57, 59, 63.
Compogravure : Antéprint

Nouvelle édition 3e trimestre 2000
ISBN 2-7468-0136-1
Imprimé en Italie par STIGE - Turin